RATUS POCHE

COLLECTION DIRIGÉE PAR JEANINE ET JEAN GUION

❧

En vacances chez Ratus

Les aventures du rat vert

© Hatier Paris 2006, ISSN 1259 4652, ISBN 978-2-218-92315-9

En vacances chez Ratus

~

Une histoire de Jeanine et Jean Guion
illustrée par Olivier Vogel

Les personnages de l'histoire

1

Aujourd'hui, Ratus est de bonne humeur. Il bricole en chantonnant. Il est occupé à fixer une planche de bois sur son mur, juste à côté de son portail. Les chats et Victor sont sortis pour le regarder. Ils se demandent quelle nouvelle idée lui est passée par la tête.

– À quoi va te servir cette planche ? interroge Belo.

– J'ai deviné, dit Victor en voyant un pot de peinture et un pinceau au pied du mur. Ratus a trouvé un nom pour sa maison et il va l'écrire sur la planche.

Ratus sifflote au lieu de répondre.

– Tu devrais l'appeler *Green Rat Palace*, dit Marou.

– C'est un nom anglais, dit Mina. Ça fait snob. Écris-le en français : *Le palais du rat vert*.

– Tu parles d'un palais ! ricane Victor. C'est plutôt une cabane.

Ratus, très occupé à fixer sa planche, ne réagit

pas à la moquerie et continue à siffloter. Maintenant, il prend le pot de peinture, trempe le pinceau dedans et commence à écrire en s'appliquant : *Club de vacances pour...*

– Zut, fait-il. Ça ne tient pas. Je n'ai pas la place d'écrire la fin.

Il se gratte la tête, le pinceau toujours à la main, et de la peinture coule sur son tricot, ce qui fait encore ricaner Victor :

– Écris donc : *Club du rat tout sale !*

Ratus plonge son pinceau dans la peinture et asperge Victor qui se recule, furieux.

– Écris tout simplement *Club de vacances*, suggère Belo.

Le rat vert réfléchit, semble hésiter, puis décide enfin :

– Je vais mettre *génial*, dit-il.

Et il barbouille le dernier mot pour obtenir *Club de vacances génial*.

– Ça y est ! J'ai fini, déclare-t-il, tout fier. Maintenant, mon entreprise peut démarrer.

Victor qui s'apprêtait à dire une moquerie en reste la bouche ouverte.

– Ton entreprise ? demande alors Belo. Quelle entreprise ?

Ratus explique, en essuyant son pinceau avec son mouchoir, qu'il ouvre dans son jardin un club de vacances pour les animaux.

– Les gens pourront partir en voyage bien tranquilles, parce que leurs animaux seront chez moi en attendant le retour de leurs maîtres. Ils ont bien le droit d'avoir des vacances, eux aussi.

Et il conclut d'un ton grave :

– Je viens de créer le premier club de vacances pour animaux !

– Hourra ! font Marou et Mina. Est-ce qu'on pourra t'aider ?

– C'est que… je veux bien, mais je ne pourrai pas vous payer, dit Ratus. Je n'ai plus d'argent. J'ai demandé au banquier de m'en prêter, mais il ne veut pas.

– Ça m'étonne, dit Belo. Je connais le banquier de Villeratus, il est très gentil. Il prête volontiers de l'argent.

– Pas à moi ! fait Ratus.

– Ça m'étonne beaucoup, reprend Victor. Il prête toujours, mais à condition, bien sûr, qu'on le rembourse.

– Ce voleur voulait une garantie au cas où je ne gagne pas assez d'argent, dit Ratus. Il voulait

1

que je lui donne ma maison, et dans ma maison il y a tous mes fromages.

Belo sourit.

– J'irai parler à ton banquier, dit le grand-père chat. Ne t'inquiète pas, il ne touchera pas à tes fromages. Tu pourras avoir ton club de vacances.

Alors Ratus saute au cou de Belo, lui fait un gros bisou pour le remercier et le grand-père chat se retrouve tout taché de peinture.

2

Une semaine plus tard, l'entreprise de Ratus est prête à fonctionner. Le rat vert a même été interviewé à la radio pour parler de son club, et il attend de pied ferme ses premiers clients.

Mais rien. Personne ne semble intéressé par un club de vacances pour animaux. Alors, Ratus passe son temps à jouer aux cartes avec Marou et Mina.

C'est seulement le cinquième jour qu'une femme élégante sonne au portail de Ratus. Elle tient en laisse un petit chien à poil long.

– Voici ma fifille Mirzane, dit-elle. Je vous la confie pendant ma croisière dans les îles. C'est une petite chienne très délicate. Et surtout, ne la laissez pas sortir, elle pourrait se perdre.

– Pour le prix, dit Ratus, ce sera…

– Je vous paierai à mon retour, dit la femme. Je n'ai pas d'argent sur moi.

Elle détache Mirzane, la pousse dans le jardin, tourne les talons et s'éloigne.

Quel chien est Mirzane ?

– Salut, première cliente ! dit Ratus tout ému en refermant son portail.

La petite chienne suit docilement Ratus, Marou et Mina jusque dans la maison du rat vert. Les trois amis s'installent sur le canapé et Mirzane saute sur les genoux de Mina.

Dans son langage canin, elle dit qu'elle espère bien être tranquille chez Ratus, et elle se met à raconter que sa maîtresse est une vieille folle qui lui fait prendre un bain chaque matin.

– Quelle horreur ! fait Ratus, compatissant.

– Après, explique la chienne, c'est trois-quarts d'heure de sèche-cheveux. Quand c'est fini, elle me brosse, me talque, me parfume, me met un ruban rose, et j'en passe… Un calvaire !

– Ma pauvre ! fait Mina.

– Et ce n'est pas terminé ! Après elle me caresse, et comme ça me décoiffe, elle recommence à me peigner, et ça dure jusqu'au soir. Et quand je mange, je n'ose même pas raconter…

Ratus, Marou et Mina font si, si de la tête, et la petite chienne, qui adore qu'on l'écoute, ne se prive pas de parler tout en versant de temps en temps une larme de crocodile sur son triste sort.

– Rendez-vous compte : quand je mange ma

pâtée, elle m'attache une serviette autour du cou !
Avec ça, j'ai l'air ridicule.

– Oh, ma pauvre, fait encore Mina.

– Et après, quand j'ai fini, elle m'essuie la
bouche avec la serviette !

– Moi, je m'essuie avec mon tricot, dit Ratus.
C'est plus pratique.

– Une vie de chien, conclut Mirzane en
versant une dernière larme.

– Moi, je ne baigne pas mes clients, dit Ratus.
Vous avez le droit de ne pas vous laver et de ne
pas vous peigner. Ce sera comme vous voulez.

La petite chienne a l'air si heureuse qu'elle
jappe de bonheur, saute sur les genoux du rat
vert et lui fait des bisous à grands coups de
langue sur le nez.

– Vive votre club de vacances, M. Ratus ! Vous
êtes très gentil.

Ainsi le rat vert accueille-t-il sa première
pensionnaire. Il est très fier en pensant que
Victor aurait été jaloux s'il avait entendu cette
dernière remarque de Mirzane.

La semaine précédente, Ratus avait installé
quelques cages dans son jardin avec l'aide de Belo
et de Marou, des cages sans porte parce qu'elles

coûtaient moins cher. Mina avait cousu des rideaux pour les décorer et les trois copains avaient disposé un coussin à l'intérieur de chacune d'elles. Ratus choisit la plus jolie pour Mirzane, puis il écrit son nom sur un carton qu'il attache au grillage.

– Mlle Mirzane, dit-il, vous allez inaugurer mes bungalows. Voici le vôtre.

5
6

Le soir venu, après le repas, il va lui souhaiter une bonne nuit, puis il rentre dans sa maison pour aller se coucher. À peine sous les couvertures, il entend pleurer dans son jardin :

– Ouououh ! fait Mirzane en regardant la lune, J'ai peur… Ouououh !

Ratus se met à sa fenêtre :

– Chut ! Vous allez réveiller les voisins.

Mais la petite chienne continue :

– Ouououh ! Je veux dormir dans la maison, pas dehors… Ouououh !

– Non, dit Ratus.

– Ouououh ! continue la petite chienne.

Ratus dégringole l'escalier et sort dans le jardin en pyjama.

– Vous m'enquiquinez ! ronchonne-t-il. Vous ne pouvez pas vous taire ?

– Ouououh ! pleurniche encore Mirzane.

– Allez, venez ! dit-il, avec un gros soupir de lassitude. Mais pour dormir dans la maison, ce sera plus cher. Votre maîtresse devra payer un supplément.

La petite chienne dit qu'elle s'en moque. Elle file entre les jambes du rat vert, grimpe l'escalier à toute vitesse, se précipite dans la chambre de Ratus et saute sur son lit.

– Ça, c'est pas possible ! s'écrie Ratus.

– Ouououh ! fait Mirzane. Il me tire la queue pour me faire descendre du lit. Au secours !

– Ça va, ça va ! grogne Ratus. Je vais coucher sur le canapé.

Alors la petite chienne pousse un profond soupir de satisfaction et s'endort sur le lit du rat vert. Si elle avait été un chat, sûr qu'elle aurait ronronné !

3

Le lendemain matin, Ratus est plein de courbatures et il n'est pas de bonne humeur. Il dit à ses amis que sa pensionnaire est peureuse, capricieuse, qu'il a mal dormi à cause d'elle, et qu'il a bien envie de la jeter dehors à coups de pied dans le derrière.

– D'accord avec toi, dit Marou. C'est une mijaurée.

– Pas d'accord, moi, dit Mina. C'est simplement une petite chienne trop gâtée. Il faut être patient avec elle.

Justement, voilà Mirzane qui arrive, toute frétillante.

– J'ai passé une nuit géniale, M. Ratus, et je veux déjeuner. Ma maîtresse me donne toujours de bons morceaux de viande, surtout pas des croquettes.

– Les croquettes, c'est bon pour votre santé, Mlle Mirzane, répond le rat vert. C'est plein de vitamines ! Et je n'ai que ça.

– Vitamines ou pas, je n'en veux pas. Je les laisserai dans mon assiette.

– Faites un effort, reprend Ratus, ce sera meilleur demain. Aujourd'hui, je vais embaucher un cuisinier pour vous préparer de bons petits plats.

– Tant mieux, dit la chienne. Au fait, votre club n'est pas une prison, j'espère ?

– Bien sûr que non, s'empresse de répondre Ratus.

– Alors, ouvrez-moi le portail que je puisse aller faire mon jogging.

– Mais votre maîtresse m'a dit que…

– Elle a oublié de vous parler de mon jogging matinal. Si je ne le fais pas, je grossis et j'ai des malaises…

– Je vous ouvre tout de suite, Mlle Mirzane.

La petite chienne sort sur le chemin, hume l'air et prend la direction de la rivière au petit trot.

– Ouf ! dit Ratus en faisant adieu de la main.

Puis il se tourne vers Marou et Mina :

– Quelle coquette ! Enfin, la voilà partie. Bon débarras ! Maintenant, vous allez m'aider à embaucher un cuisinier, parce que moi, je n'y connais rien en cuisine.

Marou saute de joie. Par contre, Mina n'a pas l'air enthousiasmée.

– Mais tu n'as pas encore beaucoup de clients, dit-elle. Est-ce que ce n'est pas trop tôt pour embaucher quelqu'un ? Ça va te coûter cher !

– Mais non, dit Ratus. Le banquier a dit que si j'embauchais un chômeur, on me donnerait de l'argent. J'ai déjà téléphoné pour en avoir un.

Une heure plus tard, une voix retentit de l'autre côté du portail.

– Y'a quéqu'un ?

Ratus se dépêche d'ouvrir. Un homme grand et rougeaud, l'air endormi, explique qu'il vient pour le poste de cuisinier.

– J'm'appelle Dutaunot. J'viens voir c'qui faut faire.

– Vous avez déjà été cuisinier ? lui demande Ratus.

– Ben ouais, ça m'est arrivé. J'sais faire du cassoulet, d'la choucroute, des p'tits pois… Plein d'choses.

– Très bien, dit Ratus. Et vous avez travaillé dans un restaurant ?

– Ben… pas longtemps, parce que j'ai perdu

Où est le cuisinier qui s'appelle Dutaunot ?

l'ouvre-boîte. Alors, j'ai voulu ouvrir les boîtes avec un marteau, mais y'en a une qu'a explosé et l'patron, il a reçu la choucroute sur la tête et y m'a mis dehors.

Ratus, Marou et Mina se regardent ne sachant trop que dire.

— Et qu'est-ce que vous servez à boire à vos pensionnaires? demande le candidat. Parce que moi, j'goûte toujours tout.

— De l'eau, répond Ratus.

— Seulement d'l'eau? fait Dutaunot. Mais j'peux pas goûter d'l'eau! J'plains vos clients. J'veux pas travailler ici.

Et il s'en va en bougonnant.

— Quel drôle de bonhomme! dit Ratus. Je vais téléphoner pour en avoir un autre.

Un peu plus tard, un homme sonne au portail. Il a une barbe rousse et porte une toque.

— Hello! dit-il avec un accent étranger. Je suis chef cuisinier. Je m'appelle Ted O'Fournogh. Ma spécialité, c'est la purée aux nouilles fraîches. Je sais aussi faire les biftecks sauce aux groseilles, le mouton au chou et à la menthe…

— Et la joue de bœuf? coupe Ratus. Vous savez préparer la joue de bœuf?

10

– C'est quoi, ça, *l'ajoudebeuf* ?

– De la viande. Les chiens l'adorent.

– Je ne savais pas. Mais si je peux ajouter de la purée, du chou, des groseilles et de la menthe, je suis votre homme, dit-il avec un grand sourire.

Ratus, Marou et Mina trouvent ces mélanges bizarres, mais M. O'Fournogh les impressionne avec sa toque blanche de grand chef. Et comme il a l'air sympathique, Ratus lui dit :

– M. O'Fournogh, vous serez le cuisinier de mon club pour animaux. Je vous embauche.

– Tope là ! répond le barbu en serrant la main de Ratus. Appelez-moi Ted et montrez-moi où est la cuisine.

Le rat vert est content. Quand il revient vers Marou et Mina, il a un sourire satisfait.

– Mirzane va être heureuse, dit-il. On va pouvoir lui servir de bons petits plats. Et en attendant qu'elle revienne de sa promenade, allons faire une petite sieste.

Les trois amis s'installent sur des chaises longues, à côté du cactus. Ratus ferme les yeux, imaginant déjà des dizaines de clients se pressant devant son portail.

4

Pendant ce temps, Mirzane a trotté, reniflé les brins d'herbe, le bas des troncs d'arbres et des piquets de palissades. Elle a fait ses petits besoins dans un coin tranquille, à l'ombre, puis elle est repartie d'une foulée alerte sur le chemin en lançant un jappement de temps en temps, comme pour dire : « Moi, Mirzane-la-plus-belle, je suis libre. Je me promène sans laisse ! ». La brise ayant porté ce message très vite et très loin, toute une bande de chiens la rejoint et la suit en frétillant de la queue. Quand elle juge que ses admirateurs sont en nombre suffisant, Mirzane se retourne et leur tient à peu près ce langage :

— Mes amis, j'ai trouvé un club merveilleux, où l'on dort sur un lit moelleux. On est libre de sortir quand on veut et il va y avoir un cuisinier qui préparera des petits plats. Bref, le paradis.

— Ouah ! Ouah ! répondent les chiens à cette alléchante publicité.

— Et en plus, c'est gratuit ! ajoute Mirzane.

Vous n'avez qu'à dire que c'est votre maître qui paiera, et ça suffit.

– Hip hip hip, ouah ouah ! font les chiens. On y va !

– Suivez-moi, jappe Mirzane.

Et les voilà partis sur le chemin, en direction du club de vacances, Mirzane en tête, les autres derrière, la truffe en l'air, salivant déjà à l'idée d'une assiettée de viande mitonnée et d'un lit douillet.

Ratus, Marou et Mina sursautent quand ils entendent un vacarme d'aboiements dans le chemin. Victor et Belo passent la tête par-dessus le mur.

– Que se passe-t-il ? demande Victor. Tu as des clients qui arrivent ?

– Je ne sais pas, répond Ratus en se levant pour aller ouvrir son portail.

Puis se prenant à rêver, il ajoute :

– C'est peut-être un voyage organisé.

Il découvre Mirzane suivie d'une dizaine de chiens efflanqués, mais à l'œil vif.

– Je vous ai amené de nouveaux pensionnaires, annonce-t-elle de ses petits jappements de coquette. Tous des copains.

Les amis de Mirzane saluent vaguement Ratus, entrent dans sa cour et commencent à renifler le mur sur lequel ils lèvent la patte. Un gros costaud, plutôt petit et la gueule large, aboie trois coups et rameute toute la troupe autour du cactus planté au milieu du jardin de Ratus.

– C'est quoi, c'machin ? demande-t-il d'un aboiement en montrant le cactus.

– C'est l'endroit où on doit lever la patte, explique un escogriffe à petite tête perchée sur un corps maigre et quatre grandes pattes.

– Bizarre, fait le gros costaud en arrosant aussitôt le cactus.

Mais le cactus de Ratus est une plante sensible qui n'aime pas l'eau et encore moins le pipi des chiens. Et, vlan ! un coup de bras épineux, juste là où ça fait mal, sur la truffe.

– Ahou-ahou-ouille ! hurle le chien. C'est pas accueillant ici ! Je m'en vais. Tu viens, Mirzane ?

La petite chienne ne bouge pas. Elle fait des fêtes à Ratus, imitée par les autres chiens. Elle voudrait bien un peu de viande pour tous ses copains, mais Ratus ne veut rien entendre.

– C'est pas encore l'heure du repas, dit-il.

15

– Grrrr… font les chiens.

– D'abord, il faut payer !

– GRRRRR… font-ils un peu plus fort.

Ces chiens ont beau être maigres, ils ont de grandes dents pointues, et Ratus préfère céder. Il appelle son cuisinier.

– Chef ! Apportez l'apéritif à mes hôtes : des gamelles d'eau fraîche et quelques croquettes en amuse-gueule.

16

Ted arrive, pose deux seaux d'eau au milieu de la cour et une gamelle pleine de croquettes.

– C'est pas mauvais, se disent les chiens entre eux, mais ça ne vaut pas la viande.

Mais comme ils n'ont pas l'habitude de toujours manger à leur faim, ils avalent tout.

– Et la suite ? demande le gros costaud.

Ted revient avec des assiettes de pâtes.

– C'est tout ce que j'ai trouvé dans le placard de Ratus, dit-il. Bon appétit !

Un boxer avec le museau cabossé se précipite sur ses nouilles, et deux minutes plus tard, il lèche son assiette vide. Une pâte lui est restée sur le museau et il louche en la regardant. Il essaie de l'attraper avec sa langue, mais n'y arrive pas. Finalement, il réussit à la faire tomber avec sa patte. D'un dernier coup de langue, il la ramasse et l'avale tout rond avec les petits cailloux qui s'y sont collés.

– J'ai mangé trop vite, aboie-t-il. Ça va me ballonner les boyaux.

Il marche un peu, écarte les pattes arrière et fait ses besoins au milieu de la cour, à deux pas du cactus, imité alors par la plupart de ses congénères.

– Bande de dégoûtants ! hurle Ratus, furieux. Ramassez-moi ça, et vite.

Les chiens le regardent et partent d'un grand fou rire.

– Pour qui qu'i nous prend ? aboie le boxer.

– Bande de cochons ! crie Ratus. Dehors ! Je vous mets tous dehors. Je ne veux plus de chiens dans mon club.

Ratus va chercher sa peinture et ses pinceaux. Sous le nom du club, il écrit en lettres rouges : Interdit aux chiens.

– Alors, moi aussi, on me met dehors ? demande Mirzane d'un ton outré.

– Oui, toi aussi, répond Ratus. C'est toi qui m'as amené cette bande de mal élevés. Et en plus, tu m'as pris mon lit !

Mais les chiens ne veulent pas partir.

Quel déguisement Victor met-il, à la demande de Ratus ?

– On s'en moque, on reste ! décide le gros costaud, aussitôt applaudi par un concert de ouahs ouahs.

Et ces malpolis s'installent chez Ratus. Ils se couchent même sur son canapé pour regarder la télévision. Mais les chiens, c'est bien connu, ne sont pas très malins, et en tout cas ils sont beaucoup moins malins que Ratus qui téléphone à Victor.

– J'ai besoin de toi, dit-il. Mets une casquette, prends ton épuisette et ton air méchant, et viens vite. On va rire…

Victor ne comprend pas, mais il veut bien rire. Il obéit à Ratus qui va sur le chemin guetter son arrivée. Quand il aperçoit Victor, Ratus se précipite dans sa cour en hurlant :

– La fourrière ! L'homme de la fourrière !

Les chiens n'ont jamais rencontré un homme qui les attrape avec une épuisette et les jette dans un panier à salade avant de les enfermer dans une cage, mais ils connaissent le mot *fourrière*. Ils ont vu ça à la télé, dans les dessins animés, alors, par précaution, ils envoient l'un d'eux sur le chemin pour vérifier si l'information est exacte. Leur éclaireur est un vieux chien de chasse, tout

19

20

21

22

juste bon à distinguer un cerf d'un bison. Quand il aperçoit Victor avec sa casquette et son épuisette de pêcheur à la main, il pousse un hurlement qui doit vouloir dire *Au secours !* car tous les chiens, même Mirzane, quittent la cour de Ratus ventre à terre et s'enfuient en direction des bois qui bordent la rivière.

– Ouf, fait le rat vert. Merci, Victor. Je suis enfin débarrassé de cette bande de cochons.

Mais, pas de chance, un couple de cochons qui se promenait, passait devant le portail, et il a tout entendu.

– Que dites-vous ? demande Mme Verrat.

– Les chiens, c'est des cochons ! répète Ratus.

– Raciste ! s'écrie M. Verrat. Qu'est-ce que vous avez contre les cochons ?

– Rien, répond vite Ratus. C'est juste une expression, comme ça, pour dire que les chiens sont sales. On dit *sale comme un cochon.*

– Peut-être, répond Mme Verrat, mais c'est une insulte. Les cochons, sachez-le monsieur, sont des animaux très propres. Regardez, nous par exemple, ne sommes-nous pas tout roses, sans un brin de poussière, sans une trace de boue et le groin brillant de propreté ?

C'est vrai. Ratus est obligé d'en convenir.

– Vous êtes les cochons les plus propres que j'aie jamais vus, dit-il pour leur faire plaisir.

Le rat vert aurait mieux fait de se taire, parce que M. et Mme Verrat ont un caractère de… cochon !

– C'est une honte ! crie le mari. Vous insultez nos frères et nos cousins. Tous les cochons sont propres.

L'épouse, elle, pousse des cris à s'en étrangler :

– C'est honteusement honteux ! Vous aurez affaire à notre avocat, espèce de rat vert à cervelle de poulet !

– Oh ! fait Ratus, choqué.

– Tiens, fait remarquer Victor, vous êtes en train d'insulter les poulets, chère madame. Ça aussi, c'est raciste.

– Calme-toi, Bibiche, dit vite M. Verrat à son épouse. On ne va pas se disputer avec un individu vert comme une grenouille.

La tête haute, M. et Mme Verrat s'éloignent sur le chemin. Ratus, vexé, va chercher sa peinture rouge et un pinceau. Sous l'enseigne de son club, là où il avait écrit *Interdit aux chiens*, il ajoute en grosses lettres baveuses : *et aux cochons.*

Victor, qui a assisté à la dispute, hoche la tête en voyant la peinture rouge qui coule. Il dit d'un ton malicieux :

– Applique-toi un peu, Ratus. Tu écris comme un cochon !

Et il part d'un grand éclat de rire.

5

Après s'être regroupés dans les bois près de la rivière, les chiens se sont rendu compte que l'homme de la fourrière était un faux.

– J'ai déjà vu le gros costaud qui tenait l'épuisette, dit un chien bas sur pattes et plus long qu'un saucisson. C'est un copain de Ratus. Il a voulu nous faire peur…

– Quoi qu'il en soit, dit un froussard en pensant aux gros muscles de Victor, moi, je n'y retournerai pas, dans ce club de vacances. Ça ressemble à une prison.

– D'accord, dit Mirzane, mais on va se venger. On va raconter partout qu'on y mange mal, que c'est sale, et surtout qu'il n'y a pas la télé. Comme ça, personne n'ira.

Aussitôt dit, aussitôt fait, et voilà les chiens jappant et aboyant partout que le club de Ratus n'est jamais nettoyé, qu'on n'y mange que des nouilles collantes et qu'on n'a pas le droit de regarder la télé. Comme ils n'ont rien à faire, ils

passent leurs journées à répandre ces calomnies 23
dans tout Villeratus. De leur côté, M. et Mme
Verrat ne se gênent pas pour raconter à qui veut les
entendre que le rat vert est un affreux personnage.

– Je m'en moque, dit Ratus aux chats quand
ils lui rapportent ces ragots. Je vais créer un blog 24
sur Internet et ça me fera de la publicité. Ce
sera le blog de Ratus.

Marou et Mina le regardent, surpris.

– C'est beaucoup de travail, dit Mina.

– Oh, je ne vais pas en écrire long, répond-il.
Juste une photo du cactus, le nom de mon club
et une phrase pour dire que chez moi on est
mieux qu'ailleurs.

– Il faudra ajouter que tu as un chef cuisinier,
dit Marou.

Ratus, Marou et Mina sont en plein travail
devant l'ordinateur quand Belo et Victor arrivent.
Ils sont étonnés de les trouver si calmes.

– Votre pub est mal faite, dit Victor en
regardant l'écran. La photo du cactus est jolie,
mais le texte ne va pas.

Il lit à haute voix : « *Vos animaux seront très
bien chez moi, mais interdit de toucher mon
cactus et de regarder ma télé !* »

— Il faut donner envie aux gens d'amener leurs animaux, reprend Victor. Écrivez plutôt : *Pour vos animaux chéris, vacances heureuses à l'ombre d'un cactus, au club de Ratus.*

— Ça, c'est très bien, dit Mina. Les maîtres qui partent en vacances auront envie d'offrir des vacances à leur animal préféré.

— Je sens que ça va marcher, dit Marou.

Ratus corrige le texte et le blog est prêt.

Trois jours plus tard, Ratus n'a toujours pas un seul pensionnaire. Il commence à désespérer, quand il reçoit un appel téléphonique.

— M. Ratus ? Ici, Édouard Laboureux, éleveur de bétail. Il y a de la place dans votre club ?

— Vous tombez bien, répond le rat vert. Ce matin, je n'ai personne. Vous avez de la chance.

— Alors, c'est parfait, dit M. Laboureux. Je réserve toutes les places pour une semaine. J'arrive d'ici une heure…

Ratus saute de joie.

— Ted ! appelle-t-il. On a des clients. Beaucoup. On affiche complet pour une semaine. Va faire les courses pour préparer une énorme marmite de ta meilleure recette.

Le cuisinier, qui supportait mal l'inactivité, se frotte les mains.

– D'accord, dit-il. Je vais même l'améliorer.

Il prend une feuille de papier, un feutre, écrit *Menu* en belle écriture anglaise, puis dessous : *Ragoût de joue de bœuf aux nouilles carottées sur lit de purée, sauce marmelade rouge à la menthe légère.*

– Ça sera bon ? demande Ratus, intrigué par ce charabia.

– Sûr, répond Ted. C'est nouveau, donc c'est forcément bien.

Et il part d'un bon pas pour Villeratus, un panier à la main. Quand il revient, il s'enferme dans la cuisine du rat vert en annonçant qu'il faut le laisser travailler. Marou et Mina rejoignent Ratus qui se tient à côté du portail, prêt à l'ouvrir au premier coup de sonnette de ses nouveaux clients.

Ça ne tarde pas. On entend d'abord un grand remue-ménage dans le chemin, du côté des champs et de la rivière.

– Qu'arrive-t-il ? demande Belo en passant le nez au-dessus du mur.

– Ce sont mes nouveaux pensionnaires, répond le rat vert.

– Eh bien, les affaires reprennent ! dit Belo gentiment. Je suis content pour toi.

Il retourne lire le journal dans son jardin tandis que Ratus ouvre son portail et se trouve nez à nez avec un paysan et son chien.

– Je vois que vous ne prenez pas les chiens, dit M. Laboureux en montrant l'écriteau. Ça ne fait rien, Médor couchera dehors. Il a l'habitude.

Puis il fait entrer dans la cour de Ratus un troupeau où se bousculent vaches, chèvres et moutons.

– Allez ! crie-t-il. Plus vite !

Les chèvres courent aussitôt renifler le cactus, les moutons regardent autour d'eux d'un air étonné, les vaches se mettent à meugler. Cinq minutes plus tard, il y a bien une trentaine de bêtes dans le jardin du rat vert.

– Je pars une semaine en Petite Garabagne avec mon épouse. On a gagné la médaille d'or du meilleur beurre de chèvre.

– Félicitations, lui dit poliment Ratus.

– Je vous laisse donc mes bêtes, prenez-en soin. C'est la première fois que je les abandonne. Au fait, vous savez traire les vaches à l'ancienne ? 25

– Pas de problème, dit Ratus sans comprendre

Une de ces bêtes n'est pas dans le troupeau de M. Laboureux. Laquelle ?

la question. C'est comme si j'avais fait ça toute ma vie.

— Et les chèvres ?

— Moi, je trais tout, répond Ratus.

— Très bien, dit le paysan. Je vous ai apporté des seaux et des bidons. Le camion de ramassage passera chaque matin prendre le lait, vers six heures. Je lui ai donné votre adresse.

À l'idée de traire les bêtes à l'ancienne et de se lever à six heures du matin, Ratus sent l'inquiétude le gagner, mais il fait un effort sur lui-même pour le cacher. Le paysan est loin de se douter que le rat vert n'est pas très doué avec les animaux de la ferme*. Il pense surtout à son voyage.

— Si vous avez un ennui, ajoute-t-il, appelez mon chien. Il va rester devant votre portail tant que je ne serai pas revenu.

Soudain, il fronce les sourcils, l'air ennuyé.

— Ça manque un peu d'herbe, chez vous.

— Ne vous inquiétez pas, répond Ratus. Notre chef Ted O'Fournogh est un très bon cuisinier. Il va les soigner aux petits oignons, vos animaux.

— Ah, bon ! fait le paysan. Vous me rassurez.

Il sort une liasse de billets de banque et la tend à Ratus.

---

* Lire *Ratus à la ferme*, Ratus Poche Rouge n° 41.

– Prenez, dit-il. S'il y a des suppléments, je les paierai au retour. Donnez à mes bêtes tout ce qu'elles vous demandent. Et surveillez bien les chèvres : elles sont très curieuses, mais elles sont adorables, vous verrez.

Là-dessus, il crie *couché !* à son chien et s'en va en courant, pressé de prendre son avion pour la Petite Garabagne. En voyant partir M. Laboureux, Médor se couche en effet, l'air malheureux, le museau posé sur les pattes avant. Il commence déjà à attendre le retour de son maître.

6

Maintenant, dans la cour de Ratus, c'est la pagaille. Les vaches cherchent désespérément un peu d'herbe, les moutons regardent autour d'eux d'un air ahuri, deux chèvres font connaissance avec le cactus tandis que deux autres vont voir ce qui se passe dans la maison.

Un moment plus tard, tandis que le rat vert aide le chef à la cuisine, Marou et Mina retournent chez leur grand-père en sautant par-dessus le mur à cause d'une chèvre qui leur court après. Le sol est jonché de petites billes noires et de grosses bouses molles. Les moutons commencent à pousser des cris désespérés parce que la cour de Ratus est petite et qu'ils n'aiment pas la compagnie rapprochée des vaches. Ces dernières s'ennuient à mourir parce qu'il n'y a rien à regarder dans ce club de vacances, pas le moindre passant, pas le plus petit train, même pas un moineau ou une mouche à chasser avec la queue. Il y a bien les chèvres et les moutons, mais les vaches ne les aiment pas beaucoup. Elles leur décocheraient bien un coup de cornes si elles avaient la place de le faire, mais serrées les unes contre les autres, elles peuvent à peine bouger.

Les chèvres, ce sont des poisons, toutes les vaches vous le diront. Au lieu de rester sagement les unes contre les autres, les biques font les pires sottises. Elles mériteraient une bonne punition. Tenez, par exemple, celle qui s'est piquée au cactus et qui essaie de lui donner des coups de sabots ! Et sa copine, qui essaie de le mordre sans se piquer. Il faut être une chèvre pour vouloir manger quelque chose de plus piquant qu'une ronce. Et l'autre, qui passe le museau par la fenêtre de la chambre de Ratus ! Qu'est-ce qu'elle fait, là-haut ? Quelle mal élevée ! Les vaches en poussent des *meuh !* d'indignation. Et qu'est-ce que ce serait si elles voyaient la plus jeune d'entre elles, une jolie biquette blanche, qui regarde la télé et essaie de changer de chaîne à grands coups de cornes dans le poste !

– Ma pauvre dame, dit une vache à sa voisine dans son langage bovin, ces chèvres, il faudrait toutes les attacher à un piquet !

– Ne m'en parlez pas, répond l'autre dans la même langue. Dès que le maître n'est pas là, les biques dansent. C'est une honte.

Tandis que les chèvres font des sottises et que les vaches se lamentent au nom de la morale, Ted et Ratus préparent des assiettes de ragoût.

– Voilà le repas ! crie le rat vert en faisant des allers et retours entre la cuisine et la cour pour poser une gamelle devant chaque animal.

Les moutons froncent le museau de plaisir et les vaches ouvrent de grands yeux vides et affamés. Les chèvres accourent en se léchant les babines.

Ted sort de sa cuisine, soulève sa toque pour saluer et annonce fièrement :

– Ragoût de joue de bœuf aux nouilles carottées sur lit de purée, sauce marmelade rouge à la menthe légère.

Un murmure de curiosité parcourt les clients du club de vacances.

– Qu'est-ce que c'est que ça ? demandent toutes les bêtes dans leur patois.

Les hôtes de Ratus tendent le museau vers leur assiette, reniflent et prennent l'air dégoûté.

– On dirait qu'elles n'aiment pas mon ragoût,

27

Que Ratus va-t-il faire chez Belo ?

dit Ted, déçu. C'est pourtant une bonne recette.

Une biquette effrontée proteste à sa façon :

– Donner de la joue de bœuf à une vache, quel toupet ! Et pourquoi pas de la corne de bouc farcie à une chèvre ou du couscous à un mouton ? On veut de l'herbe, de l'herbe tendre, fraîche, bien verte, avec quelques petites fleurs en assaisonnement.

Le chef cuisinier est bien ennuyé.

– J'ai une idée ! dit Ratus. Je reviens. Repas dans trente minutes.

Il saute par-dessus son mur en entraînant Ted avec lui jusqu'à la maison de Belo.

– Prête-moi ta tondeuse, dit-il. Je vais tondre ton gazon.

– Il en a bien besoin, répond le grand-père chat, très étonné que Ratus veuille faire cette corvée. Ça fait trois semaines que j'aurais dû le tondre…

– Tant mieux, répond Ratus.

Il met la tondeuse en marche et commence. Dès que le bac de la machine est plein d'herbe, il le vide dans la brouette de Belo.

– Ted ! dit-il. Va leur servir cette première brouettée de salade.

Cinq minutes plus tard, le cuisinier revient avec la brouette vide.

– Les animaux ont aimé ? demande Ratus

– Ils ont adoré, répond Ted.

Le rat vert remplit à nouveau la brouette de gazon fraîchement coupé. Il se tourne vers le grand-père chat, un sourire épanoui sur les lèvres.

– Belo, dit-il, tu as le meilleur gazon de Villeratus.

7

La matinée se passe ainsi, Ratus tondant, le chef cuisinier transportant des brouettées d'herbe, et le troupeau du père Laboureux se gavant de gazon frais. Vers trois heures de l'après-midi, la pelouse de Belo est tondue aussi ras qu'un crâne de footballeur. Ratus est fatigué et Ted trouve que les casseroles sont nettement moins lourdes que des brouettes pleines de gazon. Marou et Mina aussi sont fatigués, car ils ont beaucoup aidé Ratus.

Mais les bêtes ont encore faim…

– Si je tondais ton jardin potager ? demande alors le rat vert à Belo. Mes hôtes aimeraient sûrement tes salades, tes épinards, tes radis, tes haricots, tes…

Belo se lève d'un bond de sa chaise longue aussitôt rejoint par Victor. Il se fait menaçant :

– Si tu touches à mon potager, gare à toi.

Ratus n'insiste pas.

– Qu'est-ce que je vais bien pouvoir leur

donner à manger, maintenant ?

– Va tondre le pré d'en face, lui dit Belo. Avec deux hectares de terrain, tu as de quoi donner à manger à tes pensionnaires.

Aussitôt dit, aussitôt fait. Ratus emmène la tondeuse de Belo dans le pré situé en face de chez lui, et il recommence à tondre…

Dès que le bac de la machine est plein, Marou le vide dans la brouette et le cuisinier emporte l'herbe pour que Mina la distribue aux pensionnaires du club de vacances. Quel travail ! Les animaux ne sont jamais rassasiés. Ils en réclament encore, encore, et encore… 30

Vers six heures, toutes les vaches sont couchées par terre et ruminent péniblement, en faisant d'affreuses grimaces.

– Vous n'auriez pas des cachets pour digérer ? semble demander l'une d'elles à grand renfort de meuglements.

Ratus, qui a mal compris la question, leur propose encore un peu d'herbe. Les vaches font non de la tête, les chèvres aussi et les moutons également.

C'est alors qu'un autre problème surgit. Les vaches et les chèvres ont des pis bien gonflés, et 31 il faut les traire. Ratus appelle Ted pour qu'il se charge de la corvée, mais celui-ci n'est pas d'accord.

– Pas question, dit-il. Cela ne fait pas partie de mon travail. Et j'ai mal aux bras à force d'avoir poussé des brouettes d'herbe. J'en ai compté cent vingt-trois !

Ratus hausse les épaules et, résigné, il va chercher un tabouret et un seau. Il s'assoit à côté de la vache qui paraît être la plus paisible. Il prend un pis dans chaque main, les serre et tire dessus.

– Meu-eu-euh ! fait la vache, ce qui dans son langage signifie : « Aïe, tu me fais mal, idiot ! ».

Ratus tire une nouvelle fois sur les pis, mais rien ne sort. Pas la moindre petite goutte de lait.

En entendant ces meuglements de souffrance, Belo arrive en courant, suivi de Victor.

– Que se passe-t-il ? demande le grand-père chat. Cette pauvre bête a mal !

– Elle doit avoir les pis bouchés, dit Ratus. Pour faire couler le lait, vous ne pourriez pas la secouer un peu pendant que je lui tiens les pis ?

Belo et Victor cachent avec peine un sourire, puis Belo montre à Ratus la façon de traire une vache. Le lait gicle maintenant dans le seau.

– J'ai compris, dit Ratus. C'est facile. Je vais te regarder traire les vaches, et après, j'irai traire les chèvres.

– En attendant, va donc chercher les bidons de M. Laboureux pour y transvaser le lait.

Les trois copains partent en courant et rapportent les bidons en équilibre sur la brouette.

Les vaches ont beaucoup de lait, le seau se remplit vite et les bidons aussi.

Un moment plus tard, la traite des vaches est terminée. Ratus doit maintenant s'occuper des chèvres ! Au début, il reçoit un ou deux coups de cornes, mais il trouve vite la parade. Avec l'aide de Marou et de Mina, il coince une chèvre tout près du cactus et lui dit :

– Si tu bouges, tu te piques !

Résignées, toutes les chèvres se laissent ainsi traire les unes après les autres.

– Félicitations, lui dit Belo, au moment où le rat vert déclare qu'il en a terminé avec les biquettes.

Il regagne ensuite sa maison avec Victor, Marou et Mina, puisque la corvée de la traite est finie et qu'il est l'heure de préparer la soupe.

Mais Ratus, lui, est persuadé qu'il reste encore une corvée à faire : traire les moutons !

Si les chèvres sont des bêtes malicieuses et parfois insupportables, les moutons sont au contraire des bêtes d'une grande gentillesse, à condition, bien sûr, qu'on ne les embête pas trop. Or, quand le premier mouton voit arriver Ratus avec son tabouret et son seau, il le regarde d'un œil noir, persuadé que le rat vert veut le laver.

– Gentil mouton, lui dit Ratus, laisse-toi traire. Tu es le plus gros, tu vas me donner beaucoup de lait.

Le gros mouton ouvre des yeux tout ronds. C'est la première fois qu'on le prend pour une vache et qu'on veut le traire. Dans sa langue ovine, il tente d'expliquer :

– On peut traire les brebis, pas les moutons. Nous, on nous élève pour notre laine, pas pour notre lait. On n'en a pas !

Mais Ratus ne comprend pas, et il s'obstine. À quelques mètres de là, les chèvres se sont rassemblées en demi-cercle. Elles le regardent faire en bêlant comme des chipies.

– Gros mouton gentil, laisse-toi traire ! répète Ratus.

Qui a trait les chèvres ?

Le mouton lui donnerait bien un coup de cornes ou un coup de sabot, il en a envie, mais ce n'est pas tellement dans son caractère. Une nouvelle fois, il tente d'expliquer qu'il n'est pas une vache, ni une chèvre comme ces bécasses qui ricanent bêtement en le regardant. Ratus ne comprend toujours pas, mais les chèvres, elles, ont parfaitement compris ce qu'a dit le mouton, et elles sont vexées.

– *Bécasses*? Tu as dit *bécasses*? bêlent les biques furieuses, prêtes à encorner l'insulteur.

– Bécasses cornues! bêle le gros mouton.

En entendant ces bêlements qui annoncent que les chèvres vont partir en guerre, les chats et Victor accourent.

– Que se passe-t-il encore? demande Belo.

– Je n'y comprends rien, répond Ratus. Le gros mouton ne veut pas se laisser traire.

À ces mots, Victor éclate de rire et les chats en font autant. Ratus a même l'impression désagréable que vaches, chèvres et moutons se moquent aussi de lui.

– Ce sont les femelles qui donnent du lait, lui dit Belo. Les vaches, les chèvres, les brebis… Pas les mâles.

33

– Je le sais bien, dit Ratus de mauvaise foi. C'est M. Laboureux qui m'a dit que c'étaient des brebis.

Belo soupire. Il connaît bien Ratus et sait que le rat vert veut toujours avoir raison, mais par gentillesse, il fait semblant de le croire.

Par contre, Victor ne manque jamais une occasion de se moquer du rat vert.

– Au fait, tu as aussi un âne dans ton club, dit-il d'un ton sérieux.

– Ah, fait Ratus, étonné. Je ne l'ai pas vu. Où il est ?

– En face de moi ! ricane Victor.

Et il se sauve vite en voyant Ratus se baisser et saisir un seau. Mais trop tard ! Ratus est rapide et Victor se retrouve trempé et tout blanc de lait, comme les céréales de son petit déjeuner.

8

Le soir, Ted apporte une gamelle de ragoût à Médor qui monte fidèlement la garde devant le portail.

– Fameux, ton ragoût, semble dire le chien avec des aboiements reconnaissants.

Le cuisinier comprend le langage chien fait de ouahs ouahs, d'agitation frénétique de la queue, de coups de langue et de regards soumis.

– J'en avais préparé pour les vaches, les chèvres et les moutons, dit le chef. Ces bêtes à cornes n'en ont pas voulu, alors ce sera tout pour toi. Si tu en veux encore un peu…

– Volontiers, répond le chien en aboyant.

Ted va remplir à nouveau la gamelle de Médor. C'est un chef heureux. Il vient de trouver quelqu'un qui apprécie sa cuisine, alors il décide de nourrir Médor comme un bébé, au rythme d'une gamelle de joue de bœuf toutes les trois heures, y compris la nuit.

À la fin de la semaine, Médor a engraissé

d'autant plus qu'il est resté couché près du portail de Ratus toute la journée, occupé à dormir et à digérer. De leur côté, les bêtes du troupeau sont, elles aussi, ravies de leur séjour au club de vacances.

Chaque matin, dès que le camion de ramassage du lait était passé, Ratus nettoyait la cour avec l'aide de Ted. Il partait ensuite pour les prés du voisinage et les tondait les uns après les autres. Brouettes d'herbe fraîche après brouettes d'herbe fraîche, les vaches sont ainsi devenues paresseuses à force de manger et de ruminer dans la position couchée. Les moutons, eux, ont passé leur temps à grignoter toute la journée en petits groupes de trois ou quatre.

Ce sont les chèvres qui ont le plus changé. C'est que Ratus a pris soin d'elles. Dans chaque brouettée d'herbe qu'il leur a apportée, elles ont trouvé des gâteries : une fleur par-ci, une feuille de pourpier par là, qu'il a ajoutées pour leur faire plaisir. Elles ont ainsi perdu l'habitude de fouiner à droite et à gauche. La plus polissonne a même fait la paix avec le cactus dont elle avait essayé de manger les piquants.

34

Quand le paysan est de retour pour récupérer ses animaux, il trouve son chien endormi devant le portail, le ventre plus gros que s'il avait avalé tout rond une dinde entière.

– T'es malade, Médor ? demande-t-il avec une pointe d'inquiétude dans la voix.

Pour toute réponse, le chien émet un rot sonore, puis un gros soupir, et se roule péniblement sur le dos, les pattes en l'air, ce qui signifie en langage canin : vive les vacances !

– Ça alors ! fait le paysan, éberlué.

Dans la cour, tout le troupeau dort aussi, gavé d'herbe fraîche. Les vaches ronflent gentiment, les moutons ronronnent comme de gros matous au coin du feu et les chèvres se roulent sur le dos comme le chien Médor, mais en faisant *bê, bê*.

– Ah, mes bêtes ont l'air vraiment heureuses ! Merci, M. Ratus. Pour l'hygiène, ça ne vous a pas causé trop de soucis ?

– Pas du tout, dit Ratus. Dans mon club, on résout tous les problèmes. Même celui-ci.

Le paysan est intrigué.

– Qu'avez-vous fait de leurs… enfin, de leurs…

Il n'ose pas dire le mot « crottes ».

– Pour les bouses, répond Ratus qui a compris, on les fait sécher au soleil et on les vend sur Internet. C'est un très bon isolant. On a déjà une liste d'attente.

– Et les crottes de mes biquettes ?

– On les fait sécher aussi. Après, avec Marou et Mina, on les peint de couleurs vives, on les vernit, et on en fait des colliers. On les vend aussi sur Internet.

– Vous vendez des crottes de chèvres ! dit M. Laboureux, ahuri. Mais vos acheteurs vont être furieux quand ils vont se rendre compte de quoi sont faits vos colliers.

Ratus sourit.

– Pas du tout, dit-il. Les colliers en crottes de bique, c'est un produit naturel, même le fil : il est en laine de mouton.

– Vous en avez déjà vendu ?

– Pas encore, répond Ratus, mais je suis sûr que ça va plaire.

9

Les vacances du troupeau de M. Laboureux ont été un véritable succès. Pourtant, dans les jours qui suivent, personne ne se présente au portail de Ratus. Et sur son blog, le rat vert trouve un message très critique : *Ah ! ce pauvre M. Laboureux. Il n'aurait pas dû vous confier ses bêtes. Le club de Ratus, c'est complètement nul.*

Et ce message est signé : *Docteur Lavérité.*

C'est en faisant son marché que Belo apprend les détails de cette histoire. Il paraît que le pauvre Médor a eu un malaise le lendemain de son retour à la ferme. M. Laboureux a cru qu'il s'agissait d'une crise cardiaque et il a appelé le vétérinaire qui a constaté que c'était une flémingite aiguë, maladie que l'on attrape à force de ne rien faire. Le vétérinaire a soigné Médor d'un grand coup de pied dans le derrière en criant :

– Au boulot, espèce de fainéant !

Les commères racontent que les vaches ne

veulent plus se lever pour brouter, que les moutons restent aussi couchés toute la journée et que les chèvres, au contraire, sont infernales parce que M. Laboureux ne leur apporte pas les petites gâteries qu'elles avaient au club de vacances, chez Ratus.

– C'est des mensonges, dit le rat vert à Belo. Je n'irai plus faire mes courses à Villeratus !

C'est donc Ted qui doit aller acheter le gruyère du rat vert chez M. Labique. Comme le marchand de fromages ne le connaît pas, il lui répète ce qu'on dit sur la recette du cuisinier de Ratus, le fameux *ragoût de joue de bœuf aux nouilles carottées sur lit de purée, sauce marmelade rouge à la menthe légère.*

– Il paraît que chez Ratus, dit-il, on dort dans la purée et on boit de la marmelade de bœuf à la menthe. Ratus est complètement fou et son cuisinier empoisonne les clients.

Pâle et choqué, Ted rentre chez Ratus et lui raconte ce qu'il a entendu.

– Ce sont tous des méchants et des jaloux, dit le rat vert en reniflant pour retenir ses larmes. Plus personne ne viendra dans mon club. Je vais faire faillite…

36

Mina essaie de le consoler, mais sans succès.

– Si je fais faillite, continue Ratus, je vais être obligé de te renvoyer, Ted… Et ça me désole. Un cuisinier qui ne peut pas préparer ses recettes, c'est comme un chirurgien qui n'a pas de ventre à ouvrir. Il déprime. Et moi aussi, je vais déprimer.

Ratus est si triste qu'il refuse de jouer aux cartes et à la pétanque avec ses amis. Il ne regarde même plus la télévision. Il reste assis toute la journée devant son portail, là où était Médor. Il guette les clients, mais personne ne vient.

Ted, Marou et Mina sont vraiment inquiets. Ils en parlent à Belo et à Victor. Le grand-père chat propose d'organiser une petite fête pour remonter le moral du pauvre Ratus.

– En ce moment, il y a un cirque en ville, dit-il. On pourrait tous y aller ce soir. Avant, je vous invite à dîner !

Le soir venu, tout le monde se retrouve donc chez Belo autour de la table. Il a préparé un gros gâteau au fromage pour faire plaisir à Ratus, mais celui-ci refuse d'y toucher.

« Ça, c'est grave, pense le grand-père chat. »

– J'ai pas envie d'aller au cirque, dit le rat vert. Je veux aller dans mon lit.

Comme Ratus se lève et rentre chez lui, tout le monde se dit bonsoir, mais Ted ne va pas se coucher tout de suite. Il s'assoit à côté du cactus pour réfléchir. Il faut absolument qu'il trouve une solution pour ramener des pensionnaires au club de vacances, car il a envie de rester ici. Il aime bien ses nouveaux amis. Soudain, il sourit. Il vient d'avoir une idée. Il se lève, mais au lieu de se diriger vers la maison de Ratus pour aller dormir, il ouvre le portail et part sur le chemin…

10

Le lendemain matin, Ratus est réveillé en sursaut par des bruits bizarres.

– J'ai dû faire un cauchemar, se dit-il. J'ai entendu un rugissement dans mon jardin.

Il se tourne pour se rendormir, mais à ce moment-là, il entend un drôle de frottement contre le mur de sa chambre. On dirait des petits coups, comme si quelqu'un essayait d'entrer par la fenêtre !

Il se lève d'un bond, ouvre, et se trouve nez à nez avec une tête de girafe qui lui donne un grand coup de langue sur le museau en guise de bonjour. Le jardin de Ratus est envahi par toutes sortes d'animaux ! Au milieu, le cactus lève ses bras plus haut que d'habitude parce qu'un boa essaie de s'enrouler autour de lui.

Sans se poser de questions, le rat vert se précipite dans la chambre de son cuisinier.

– Des nouveaux pensionnaires ! s'écrie-t-il. Viens vite ! On a des clients.

Que découvre Ratus en ouvrant sa fenêtre ?

Mais il n'y a personne dans la chambre de Ted. Ratus descend au rez-de-chaussée en courant. Il le découvre en train de faire cuire son fameux ragoût. Le chef chantonne gaiement en remuant un mélange peu appétissant avec une cuillère en bois.

– *Tralala-lala-lalère,*
ma joue d'bœuf est d'la s'maine dernière,
mais avec beaucoup d'menthe,
je crois pas que ça se sente.

– Ted, dit Ratus sur un ton de reproche, la girafe ne va pas aimer ton ragoût.

– C'est pas grave, répond le chef cuisinier. Tu iras lui tondre un peu de gazon. Celui de Belo a déjà repoussé depuis la dernière fois.

Ratus regarde dans la cour.

– Et le lion, tu crois qu'il en voudra ?

– Sûr, répond le chef. Mais pour lui, je ne mettrai pas trop de menthe, et pour les tigres non plus.

Ratus découvre en effet deux tigres qu'il n'avait pas vus. Ils sont couchés contre le mur. Plus loin, trois chèvres jouent au morpion en traçant des ronds et des croix sur le sol.

– Les caniches, je ne les ai pas fait entrer, dit

Ted. Ce sont des chiens, et on n'en prend plus au club. Je leur ai promis double ration de ragoût s'ils restent dehors, et ils ont accepté.

Ratus, qui aime à nouveau les chiens depuis qu'il a connu Médor, se dirige vers son portail et ouvre aux caniches.

– Si on entre, on aura quand même double ration ? demandent-ils en jappant.

Ratus fait oui de la tête et voilà tous les animaux dans son jardin.

– Attention au boa ! crie Ted depuis la cuisine. Il n'a pas l'air de bonne humeur. En s'enroulant autour de ton cactus, il s'est piqué. Heureusement, l'autruche est infirmière et elle est en train de le soigner.

Ratus regarde Ted avec étonnement. Une autruche infirmière ? Le chef serait-il devenu fou ? Il est vrai que l'autruche a un petit bonnet blanc attaché sur le crâne ! Après tout, pour Ratus, le plus important est que son club soit complet. Il ne cherche pas à en savoir davantage.

Dans la maison voisine, les cris des animaux ont réveillé Belo, Marou et Mina. Marou, curieux, va dans son jardin et passe le nez au-dessus du mur. Il se penche et se trouve face à une tête de tigre qui bâille à s'en décrocher la mâchoire.

– Au secours ! crie Marou en retombant d'où il venait. Il y a un tigre dans le jardin de Ratus !

Mina et Belo accourent et regardent à leur tour par-dessus le mur. Ils découvrent le tigre qui fait le beau, assis sur son derrière.

– Mais c'est un tigre apprivoisé ! dit Belo.

Il voit l'autruche avec son bonnet d'infirmière, les chèvres qui jouent au morpion, les chevaux qui tournent en rond autour du cactus en levant haut leurs pattes, le lion qui se roule sur le dos comme un bébé chaton et les caniches qui attendent bien alignés, sous la fenêtre de la cuisine.

– Ce sont les animaux du cirque ! s'écrie-t-il

Il rentre chez lui et appelle Ratus au téléphone.

– Salut ! fait la voix rayonnante du rat vert. Ici, le club de vacances de Ratus. C'est complet, mais vous pouvez vous inscrire sur une liste d'attente…

– Allô ! dit le grand-père chat. Ratus, tu m'entends ?

– Ah ! c'est toi, Belo. Comment vas-tu ? Moi, ça va. J'ai du boulot par-dessus la tête. Je vais aller tondre ton gazon pour nourrir la girafe et les chevaux.

– Ratus, comment tes nouveaux pensionnaires sont-ils arrivés chez toi ? demande-t-il d'une voix sévère.

– Je ne sais pas, répond honnêtement Ratus. Quand je me suis réveillé, ils étaient déjà là. J'ai entendu un rugissement de lion, je me suis levé et je les ai vus, sauf les caniches, parce que Ted n'avait pas voulu les laisser entrer puisqu'on refuse les chiens.

– On dirait des animaux savants, dit le grand-père chat. Je suis sûr que ce sont les animaux du cirque.

– Je m'en moque, dit Ratus.

Et il raccroche.

11

Belo allume la télévision pour avoir les dernières informations. Sur la chaîne locale, un journaliste est debout devant une cage ouverte. Le micro à la main, il raconte :

– Cette nuit, tous les animaux du cirque Léonotis ont disparu, sauf le paresseux et deux singes. Le gendarme en chef de Villeratus arrive à l'instant. Chef, dites à nos téléspectateurs où en est l'enquête…

– Ben, fait le gendarme, ça va être un sacré travail de fourmis pour retrouver toutes ces bêtes sauvages. On attend que les services vétérinaires de la ville soient réveillés pour se rapprocher d'eux et qu'ils nous renseignent sur la manière d'ouvrir le dialogue avec les représentants de l'espèce animale qui ont été subtilisés…

Le journaliste l'interrompt, de peur que les téléspectateurs ne changent de chaîne en entendant un tel charabia.

– Vous avez des indices ?

– D'après les traces, les subtilisés sont partis à pied, du moins ceux qui avaient des pattes…

– Je crois que deux tigres ont disparu, un lion aussi et un boa de six mètres… Ça fait froid dans le dos ! dit le journaliste.

Le gendarme se veut rassurant :

– Mais non, faut pas paniquer. N'empêche que si vous êtes chez vous, fermez les portes et les fenêtres, et restez-y.

– Quel conseil donneriez-vous à ceux qui ne sont pas à l'abri, à ceux qui sont dans la rue, par exemple ?

Le gendarme réfléchit avant de répondre.

– Ben, s'ils voient un des animaux, je leur conseille de courir se mettre à l'abri dans la maison la plus proche, même si c'est pas la leur. Et quand je dis courir, c'est courir vite, ventre à terre !

– Un dernier conseil, chef gendarme ? demande le journaliste.

– Surtout pas de panique. Nous avons la situation sous contrôle. Tous les gendarmes sont opérationnels et patrouillent à l'abri dans leur voiture. Je répète : habitants de Villeratus, ne paniquez pas ! Nous sommes là.

Le journaliste précise qu'une cellule psychologique est en place et que le maire de Villeratus 37
est déjà prêt à exprimer ses condoléances
anticipées à ceux qui seront dévorés par le lion 38
ou les tigres, ou étouffés par le boa. Puis il
regarde la caméra d'un air grave et conclut :

– Ici, Jérémie Pipot qui vous parlait en direct
du cirque Léonotis.

Belo coupe le son, puis rappelle le rat vert
pour lui répéter ce qu'il a appris à la télévision.

Ratus accourt aussitôt chez le grand-père chat.
Il se laisse tomber sur une chaise, découragé par la
nouvelle. Ainsi, les animaux qui sont dans son
jardin sont ceux du cirque, pas de vrais clients.

– Il faut que tu avertisses les gendarmes, lui
dit Belo. Téléphone-leur.

– Appelle-les, toi, dit Ratus.

– Non, c'est à toi de leur parler.

Belo compose le numéro de téléphone de la
gendarmerie. En entendant la tonalité, il tend le
combiné à Ratus.

– Allô, les gendarmes ? Ici Ratus. Les animaux
du cirque, je sais où ils sont. Ils sont tous venus
dans mon club de vacances. Mais c'est pas ma
faute…

Qui a ouvert les cages des animaux du cirque ?

– Que personne ne bouge ! On arrive, répond le gendarme.

Ratus retourne chez lui, très déçu. Mais en chemin, il est peu à peu envahi par un sentiment de colère. Il se dirige droit vers la cuisine.

– Ted, je parie que c'est toi qui as volé les animaux du cirque !

– Je n'ai rien volé du tout, répond le chef cuisinier. Je suis allé les voir, je leur ai parlé de mon délicieux ragoût de joue de bœuf aux nouilles carottées, et ils ont eu envie de le goûter… À ceux qui mangent du foin, j'ai parlé de ton gazon tout frais avec des gâteries dedans.

Et Ted conclut :

– Ce sont les animaux qui m'ont demandé d'ouvrir leurs cages. Je ne pouvais pas refuser parce que je savais que ça te ferait plaisir d'avoir des pensionnaires.

À ce moment-là, un camion de télévision surmonté d'une parabole arrive à toute vitesse et freine près du portail de Ratus en soulevant un nuage de poussière. Le journaliste en sort, suivi d'un caméraman. Les deux hommes grimpent sur le toit du camion pour dominer les lieux.

– Ici, Jérémie Pipot qui vous parle en direct

du club de vacances de Ratus. Tous les animaux sont là, paisiblement installés. Vous les voyez comme moi.

La caméra fait un travelling sur le jardin et s'arrête sur le rat vert. Du haut de son perchoir, le journaliste crie :

– M. Ratus, voulez-vous nous dire…

– Si vous voulez que je vous parle, descendez de votre camion et entrez dans mon jardin, répond Ratus.

Le journaliste bredouille :

– Mon caca… mon camé… mon caméraman a…a…arr…arrive.

Celui-ci obéit. Il n'a pas le choix. Il saute du toit et se dirige d'un pas mal assuré vers le portail de Ratus. Ses genoux tremblent, ses mains tremblent, tout tremble !

– Passe-moi un trépied pour poser la caméra, dit-il à un assistant, sinon l'image ne sera pas nette.

Puis il se retourne vers Jérémie qui est toujours perché sur le toit du camion.

– Tu viens ? lui demande-t-il.

– Vas-y d'abord, répond le journaliste et prépare les réglages de ta caméra.

Puis il s'adresse au rat vert :

— M. Ratus, venez sur le toit avec moi. Nous serons plus tranquilles pour causer.

— Froussard ! lui crie le rat vert.

C'est alors que Victor arrive sur le chemin. Belo l'a appelé et lui a raconté ce qui se passe.

— M. Pipot, vous ne voulez pas descendre de votre camion pour aller chez mon ami Ratus ! lui dit Victor d'un ton moqueur. Vous avez peur des caniches ?

Victor attrape le journaliste par la jambe et tire pour qu'il dégringole sur la terre ferme. Cela étant fait, il le relève, tapote sa veste pour la remettre en place, ouvre le portail et le pousse dans la cour où le caméraman l'attend, plaqué contre le mur, tremblant et suant parce qu'un tigre est en train de le flairer.

— Hé, gros tigre ! crie Ratus, laisse-le tranquille. C'est pas du ragoût sur pattes, c'est juste un caméraman de la télé.

Le tigre aperçoit Jérémie Pipot qui claque des dents. Il prend un air dégoûté et retourne se coucher.

— Il a eu peur de moi, dit le journaliste, tout fiérot. Ou alors, il a été drogué. Ça ne doit pas être bien difficile d'être dompteur, avec un tigre pareil ! Ceux que j'ai vus dans la jungle, c'étaient de vrais fauves !

Pendant qu'il se vante, le boa s'approche de lui lentement… Heureusement, Ted sort de sa cuisine et tape sur une poêle pour annoncer que le ragoût est prêt. De l'autre côté du mur, la tondeuse de Belo ronronne et Marou crie :

– Pour la salade de gazon, ce sera prêt dans cinq minutes.

Les animaux oublient le journaliste et son caméraman. Ils ne pensent plus qu'à manger.

12

C'est au tour du chef gendarme d'arriver sur les lieux. Il jette un coup d'œil par-dessus le portail de Ratus et voit les animaux qui entourent Ted en attendant que leur repas soit servi. Il entre dans la cour, se place face à la caméra, arrache le micro des mains de Jérémie, tousse un peu, compte jusqu'à trois, puis déclare que son travail de fourmi est terminé, que les animaux ont été retrouvés sains et saufs et que les citoyens de Villeratus sont priés d'arrêter la panique parce qu'il n'y a plus de raison de mourir de peur.

— Est-ce que vous allez passer les menottes à Ratus ? lui demande le journaliste.

— Nous n'avons pas de preuve qu'il soit coupable, dit le gendarme. Nous devons donc considérer qu'il est innocent. C'est la loi.

— Pas pour moi, dit Jérémie. Il a voulu me faire dévorer par un tigre. Il est donc coupable.

Pendant cette discussion, Ted a terminé de

servir son ragoût. Tandis que les carnivores du cirque reniflent les gamelles qu'il leur a servies, le cuisinier s'approche du gendarme et avoue :

– C'est moi qui ai amené les bêtes ici. Au cirque, elles sont enfermées dans des cages, elles travaillent tous les jours et elles n'ont jamais de vacances. Le directeur les exploite !

Le caméraman n'a pas raté un mot de ce qui vient d'être dit. Il a tout filmé, et comme M. Léonotis, le directeur du cirque, arrive juste à l'instant, Jérémie lui demande vite ce qu'il pense de cette accusation.

– Oh, je connais bien Ted O'Fournogh, répond-il. Il a travaillé dans mon cirque le mois dernier. Il a failli tous nous empoisonner avec une recette de son invention. Je l'ai renvoyé.

– Regardez les bêtes, proteste Ted. Elles se régalent avec mon ragoût. Le club de Ratus mériterait trois étoiles. On y sert une cuisine gastronomique !

Ce n'est pas vrai, les bêtes ne se régalent pas. Le tigre et le lion ont des haut-le-cœur. Seuls les caniches se gavent. Ils vont même finir la gamelle du lion et celles des tigres. Décidément, les chiens mangent vraiment n'importe quoi !

40

Marou arrive avec une brouette pleine d'herbe. Il en distribue à la girafe et aux chevaux, mais cette fois encore, ce n'est pas une réussite. Ils recrachent la bouchée qu'ils avaient commencé à mastiquer et font des grimaces pour dire que l'herbe est beaucoup trop amère à leur goût.

– Je ne comprends pas, dit Ratus.

Marou aussi est perplexe. Il réfléchit.

41

– Ah, zut ! dit-il. C'est sûrement parce que Belo a mis de l'engrais sur son gazon avant-hier.

Ted n'écoute pas. Il part dans un grand discours sur la gastronomie, soutenant que ceux qui mangent n'importe quoi ne savent plus reconnaître ce qu'est une bonne nourriture.

– On abîme le goût des girafes et des chevaux en leur donnant toujours du foin, affirme-t-il.

– Mais ils mangent de l'herbe fraîche chaque fois que c'est possible ! proteste le directeur du cirque. Le foin, c'est seulement quand on est en centre ville, sur un parking.

Ted ne l'entend pas de cette oreille.

– Et le lion, hein ? Et le tigre ? Avouez que vous leur donnez de la viande crue ! Jamais le moindre morceau de viande préparé avec amour, jamais une cuillerée de sauce ! C'est honteux.

– Mais les fauves mangent de la viande crue ! proteste à nouveau M. Léonotis.

Ted commence à s'énerver. Le gendarme intervient pour le séparer du directeur du cirque, mais sans succès.

– Alors pourquoi toutes ces bêtes m'ont suivi, cette nuit, quand je leur ai proposé mon ragoût ? continue le cuisinier. Si elles avaient bien mangé au cirque, elles y seraient restées !

– Elles vous ont suivi parce qu'elles vous connaissent, répond le directeur.

– Menteur ! crie Ted. Ce n'est pas pour ça !

– Je dis la vérité, reprend M. Léonotis. La preuve, c'est que deux singes sont restés dans leur cage. Et ces deux singes ne vous ont pas suivi parce qu'ils ne vous connaissaient pas. Pourquoi ? Parce qu'ils sont dans mon cirque depuis une semaine seulement. Quant au paresseux, comme son nom l'indique, il n'a pas eu le courage de descendre de son arbre !

Le gendarme fronce ses épais sourcils et se gratte la tête. Il ne comprend rien à cette histoire de singes.

« Qui ment ? se demande-t-il. Le directeur ? Le cuisinier ? À moins que ce ne soit Ratus ? »

Plus il se gratte la tête, moins ça l'étonnerait que le plus menteur de tous dans cette histoire, ce soit Ratus. Et si finalement il en profitait pour mettre le rat vert sous les verrous ? Depuis qu'il fait des farces à tout le monde, ce serait bien fait pour lui. Mais l'ennui, c'est qu'aujourd'hui, il a l'air aussi innocent qu'un lionceau qui vient de naître. Pour une fois, il semble n'y être pour rien.

Le gendarme soupire. À ce moment-là, le lion s'approche de lui et rugit de toutes ses forces dans ses oreilles, comme pour lui dire : « Bon, maintenant la plaisanterie a assez duré, on rentre au cirque. »

Sans rien demander à personne, les animaux s'en vont, sauf les caniches qui sont tellement gavés de ragoût qu'ils sont incapables de bouger à cause de leur ventre trop lourd.

– Je reviendrai les chercher quand ils auront fini de digérer, dit M. Léonotis.

Ted proteste bien un peu en voyant les bêtes s'éloigner sur le chemin, mais il sent qu'il a eu tort. Il baisse la tête quand le gendarme essaie de lui passer les menottes.

– Ted O'Fournogh, dit-il, au nom de la loi de Villeratus, je vous arrête pour enlèvement

Qui prend la défense de Ted ?

d'animaux et cuisine dangereuse. Vous avez tenté d'empoisonner les animaux du cirque pour vous venger du directeur. Je vais vous lire vos droits : vous avez le droit de pleurer, d'appeler un avocat ou votre maman, et blablabla, et blablabla…

– M. le gendarme, l'interrompt Ratus, Ted est de bonne foi. Ce sont les animaux du cirque qui l'ont suivi. Il ne les a pas forcés à venir.

Jérémie Pipot s'était fait tout petit tant que le lion et les tigres étaient là. Maintenant, il a repris des couleurs et ne se gêne pas pour donner son avis :

– M. le gendarme en chef, dit le journaliste, ce que dit Ratus est vrai. Nos téléspectateurs vous le confirmeront dans une minute.

Et il regarde la caméra :

– Chers amis téléspectateurs, si vous pensez que Ted est coupable, téléphonez immédiatement au numéro qui s'affiche en bas de votre écran. Si vous pensez qu'il est innocent, ne téléphonez surtout pas.

Quelques instants plus tard, la régie lui transmet les résultats : une seule personne a appelé, un certain M. Labique, qui affirme que

Ted est sûrement coupable parce qu'il se vante de ne pas mettre de fromage dans son ragoût.

– M. Ted O'Fournogh est donc déclaré innocent par tous les téléspectateurs sauf un, annonce le journaliste.

Le gendarme ne change pas d'avis pour autant, et il emmène le pauvre Ted.

– Arrêtez ! s'écrie Jérémie. Je vais prouver devant la caméra que Ted n'est pas un empoisonneur et qu'il est vraiment innocent.

Tous les regards se tournent vers lui.

– D'abord, déclare Jérémie, je vous ferai remarquer que les caniches toujours ici présents ne sont pas morts.

C'est vrai. Ils dorment et si leur sommeil est agité, s'ils font des cauchemars, c'est tout simplement parce qu'ils ont trop mangé.

– Ensuite, continue Jérémie, la chaîne VRTV, Villeratus Télévision, toujours au service de la justice, va vous en apporter la preuve. Mon collaborateur caméraman se porte volontaire pour tester le ragoût de Ted…

Ledit caméraman a lâché son viseur, s'est planté le doigt sur la poitrine et, bouche ouverte, regarde Jérémie en faisant non de la tête. Il n'est pas du tout volontaire pour goûter la pâtée des chiens, mais le journaliste n'en a cure. Il continue à parler comme si de rien n'était, la caméra étant toujours posée sur son trépied et fonctionnant en mode automatique.

– M. O'Fournogh, précisez-nous le nom de votre spécialité, demande Jérémie.

Ted annonce fièrement :

– Ragoût de joue de bœuf aux nouilles carottées sur lit de purée, sauce marmelade rouge à la menthe légère.

– Eh bien, reprend le journaliste ébahi par le nom de ce plat, mon collaborateur Bill va goûter le fameux ragoût de joue… de nouilles… de purée… bref de Ted. La caméra va le filmer pendant ce test.

Jérémie fait un signe discret à Bill pour lui faire comprendre qu'il doit obéir et qu'il a le choix entre le ragoût ou la porte !

Ratus, ravi, court chercher une assiette de ragoût et une cuillère. Tout le monde attend dans un silence de mort. Bill hésite, puis goûte une petite bouchée qu'il mâchouille du bout des lèvres. Mais, surprise, il en reprend. Il a même l'air d'apprécier !

– *Delicious* ! déclare-t-il dans sa langue maternelle. Ça manque seulement un peu de menthe.

Il termine l'assiettée et c'est tout juste s'il n'en redemande pas.

– Ça me rappelle la cuisine de mon enfance, en Angleterre, dit-il avec une pointe de nostalgie.

Devant cette preuve indiscutable, le gendarme libère Ted, mais il y met une condition.

– Je vous interdis d'exercer votre métier de cuisinier sur le territoire de Villeratus.

– Mon pauvre Ted, lui dit le rat vert. Que vas-tu devenir ?

– Ne t'inquiète pas pour moi. Bill m'a donné une idée. Je vais aller ouvrir un restaurant à Londres et j'aurai plein de clients. Tu peux venir avec moi, si tu veux.

Ratus regarde Marou et Mina, Belo et Victor. Il répond non de la tête.

– Mon entreprise, c'est fini, mais j'ai ma maison et mes amis ici. Alors, je reste à Villeratus. Bonne chance, Ted !

Quand tout le monde est parti, Ratus prend de la peinture et des pinceaux. Il ouvre son portail et sort sur le chemin. Il contemple l'enseigne de son club de vacances, puis couvre de peinture jaune la planche qu'il avait fixée contre son mur.

Quand la peinture est sèche, il écrit en vert : *Ma maison.*

Dessous, il ajoute : *Entrée interdite.*

– On ne pourra plus aller chez toi ? demande Mina.

– Mais si, répond-il. Toi, Marou et Belo, vous pourrez venir. Et même Victor.

Alors Ratus, se rappelant qu'il a vu dans un cirque le panneau *Entrée des artistes*, barbouille la deuxième ligne et la remplace par : *Entrée des amis.*

1

une **garantie**
Quelque chose qui
permettra au banquier
de récupérer son argent
quoi qu'il arrive.

2

canin
Relatif au chien.

3

compatissant
Qui prend part aux
souffrances des autres.

4

un **calvaire**
Épreuve longue
et douloureuse.

5

inaugurer
Utiliser
pour la première fois.

6

un **bungalow**
Petite maison
de vacances,
d'un seul niveau.

7

une **mijaurée**
Fille qui se croit
importante
et qui est ridicule.

8

embaucher
Donner du travail
à quelqu'un.

9

humer
Respirer par le nez
pour sentir.

10

une **toque**
Coiffure que portent
les cuisiniers.

11

une **foulée alerte**
Un pas vif, rapide.

12

alléchant
Qui donne envie.

13
la **truffe**
Bout du museau
d'un chien.

14
efflanqué
Très maigre.

15
un **escogriffe**
Quelqu'un de grand
et qui a une façon
irrégulière de marcher.

16
un **amuse-gueule**
Petite chose à manger
que l'on sert
avant un repas.

17
un **congénère**
Qui appartient
à la même espèce.

18
outré
Indigné, révolté
par ce qu'on a entendu.

19
une **épuisette**

20
la **fourrière**
Endroit où l'on enferme
un animal perdu.

21
un **panier à salade**
Camionnette avec grilles
pour emmener
les gens qu'on arrête.

22
un **éclaireur**
Celui qu'on envoie
en avant pour vérifier
quelque chose.

23
une **calomnie**
Mensonge pour faire
du tort à quelqu'un.

24
des **ragots**
Bavardages méchants.

un **blog**
Journal personnel
que l'on écrit
et qui peut être lu
sur Internet.

25
traire **à l'ancienne**
Comme autrefois,
à la main.

26
décocher
Donner brusquement.

27
le **patois**
Dans l'histoire, façon
de parler des bêtes.

28
effronté
Mal élevé, sans gêne.

29
le **bac** de la tondeuse
Le sac qui reçoit

l'herbe coupée.

30
rassasié
Qui n'a plus faim.

31
les **pis**
Mamelles de la vache.

32
trouver la **parade**
Trouver une façon
d'éviter quelque chose
de dangereux
ou de désagréable.

33
encorner
Donner un coup
de cornes.

34
le **pourpier**
Petite plante à feuilles
épaisses et tendres.

35
un **isolant**

Produit qui protège
du froid
ou de la chaleur.

36
une **faillite**
Échec complet.
Quand on ne peut plus
payer ce qu'on doit.

37
une **cellule
psychologique**
Groupe de personnes
dont le métier est
d'écouter et d'aider
ceux qui souffrent.

38
des **condoléances**
Paroles pour dire qu'on
prend part à la douleur
causée par la mort
de quelqu'un.

anticipé
À l'avance.

39
un **travelling**
Façon de filmer
qui donne l'impression
que la caméra se déplace.

40
un **haut-le-cœur**
Envie de vomir.

41
perplexe
Qui hésite
dans une situation
embarrassante.

42
la **nostalgie**
Regret du passé.

91

Les aventures du rat vert

Super-Mamie et la forêt interdite

Les histoires de toujours

Ralette, drôle de chipie

L'école de Mme Bégonia

La classe de 6e

Les imbattables

Baptiste et Clara

Francette top secrète

M. Loup et Compagnie

Hatier s'engage pour l'environnement en réduisant l'empreinte carbone de ses livres. Celle de cet exemplaire est de : **400 g éq. CO$_2$**
Rendez-vous sur www.hatier-durable.fr

PAPIER À BASE DE FIBRES CERTIFIÉES

Conception graphique couverture : Pouty Design
Conception graphique intérieur : Jean Yves Grall • mise en page : Atelier JMH

Imprimé en France par Pollina, 85400 Luçon - n° L63368
Dépôt légal n°92315-9/06 - janvier 2013